AF 118841

Czarny człowiek

Czarny człowiek

Emily Cravalho

aldivan teixeira torres

Contents

1

"Czarny człowiek"
Emily Andrade Cravalho
CZARNY CZŁOWIEK

Przez: *Emily Andrade Cravalho*
2020- Emily *Andrade Cravalho*
Wszelkie prawa zastrzeżone.
Seria: Zboczone siostry

Ta książka, w tym wszystkie jej części, jest prawa autorskie i nie mogą być powielane bez zgody autora, odsprzedawane lub przekazywane.

*Emily Andrade Cravalho,*Urodził się w Brazylii, jest artystą literackim. Obiecuje swoimi pismami, aby zachwycić publiczność i doprowadzić go do rozkoszy przyjemności. W końcu seks jest jedną z najlepszych rzeczy.

Poświęcenie i podziękowania

Dedykuję tę erotyczną serię wszystkim miłośnikom seksu i zboczeńcom takim jak ja. Mam nadzieję, że spełnię oczekiwania wszystkich szalonych umysłów. Zaczynam tę pracę tutaj z przekonaniem, że Amelinha,

Belinha i ich przyjaciele będą historii. Bez dalszych ceregieli, ciepłego uścisku do moich czytelników.

Dobra lektura i mnóstwo zabawy.

Z miłością, autor.

Prezentacji

Amelinha i Belinha to dwie siostry urodzone i wychowane we wnętrzu Pernambuco. Córki ojców rolnictwa wiedział wcześnie, jak stawić czoła zaciekłym trudnościom życia kraju z uśmiechem na twarzy. Dzięki temu dochodzili do swoich osobistych podbojów. Pierwszy to audytor finansów publicznych, a drugi, mniej inteligentny, jest nauczycielem podstawowego w Arcoverde.

Chociaż są szczęśliwi zawodowo, obaj mają poważny chroniczny problem w związku, ponieważ nigdy nie znaleźli swojego księcia uroczego, co jest marzeniem każdej kobiety. Najstarszy, Belinha, zamieszkał przez jakiś czas z mężczyzną. Jednak to było zdradzone, co spowodowało w jego małym sercu nieodwracalne traumy. Została zmuszona do rozstania się i obiecała sobie, że już nigdy nie będzie cierpieć z powodu mężczyzny. Amelinha, biedak, nie może nawet się zaangażować. Kto chce poślubić Amelinha? Ona jest bezczelny brunetka, chudy, średniej wysokości, miód kolorowe oczy, średni tyłek, piersi jak arbuz, klatka piersiowa zdefiniowane poza urzekający uśmiech. Nikt nie wie, jaki jest jej prawdziwy problem, a raczej oba.

W odniesieniu do ich relacji interpersonalnych są bardzo blisko dzielenia się tajemnicami między nimi. Ponieważ Belinha została zdradzona przez łajdaka, Amelinha wzięła ból swojej siostry, a także wyruszyła do zabawy z mężczyznami. Obaj stali się dynamicznym duetem znanym jako "Zboczone Siostry". Mimo to mężczyźni uwielbiają być swoimi zabawkami. To dlatego, że nie ma nic lepszego niż kochać Belinha i Amelinha nawet na chwilę. Czy będziemy wspólnie poznawać ich historie?

Czarny człowiek

Amelinha i Belinha, a także wielcy profesjonaliści i kochankowie, są piękne i bogate kobiety zintegrowane z sieci społecznych. Oprócz samego seksu starają się również zaprzyjaźnić.

Czarny człowiek

Pewnego razu mężczyzna wszedł na wirtualny czat. Jego pseudonim to "Black Man". W tym momencie ona szybko drżał, bo kochała czarnych mężczyzn. Legenda głosi, że mają niekwestionowany urok.

— Witam, piękne! - Nazwałeś błogosławionego czarnego człowieka.

— Witam, w porządku? - Odpowiedział intrygujący Belinha.

— Wszystko świetnie. Miłej nocy!

— Dobranoc. Kocham czarnych ludzi!

— To mnie teraz głęboko poruszyło! Czy jest ku temu szczególny powód? Jak się nazywasz?

— Powodem jest moja siostra i ja, kto lubi mężczyzn, jeśli wiesz, o co mi chodzi. Jeśli chodzi o nazwę, mimo że jest to bardzo prywatne środowisko, nie mam nic do ukrycia. Nazywam się Belinha. Miło cię poznać.

— Przyjemność jest moja. Nazywam się Flavius, a ja jestem bardzo miły!

— Czułem stanowczość w jego słowach. Masz na myśli moją intuicję, jest prawo?

— Nie mogę odpowiedzieć, że teraz, bo to koniec całej tajemnicy. Jaka jest nazwa twojej siostry?

— Nazywa się Amelinha.

— Amelinha! Piękna nazwa! Czy możesz opisać siebie fizycznie?

— Jestem blondynką, wysoką, silną, długą włosami, dużym tyłkiem, średnim biustem i mam rzeźbiarskie ciało. A ty?

— Czarny kolor, jeden metr i osiemdziesiąt centymetrów wysoki, silny, plamisty, ręce i nogi grube, schludne, zaśpiewane włosy i zdefiniowane twarze.

— Włączasz mnie!

— Nie martw się o to. Kto mnie zna, nigdy nie zapomina.

— Chcesz mnie teraz zwariować?

— Przykro mi z tego powodu, kochanie! To tylko po to, aby dodać trochę uroku do naszej rozmowy.

— Ile masz lat?

— Dwadzieścia pięć lat i twoje?

— Mam trzydzieści osiem lat, a moja siostra trzydzieści cztery. Pomimo różnicy wieku, jesteśmy bardzo blisko. W dzieciństwie zjednoczyliśmy się, aby przezwyciężyć trudności. Kiedy byliśmy nastolatkami, dzieliliśmy się swoimi marzeniami. A teraz, w dorosłym życiu, dzielimy się naszymi osiągnięciami i frustracjami. Nie mogę bez niej żyć.

— Wielki! To twoje uczucie jest bardzo piękne. Dostaję chęć spotkania się z wami obojga. Czy ona jest tak niegrzeczna, jak ty?

— W dobry sposób jest najlepsza w tym, co robi. Bardzo inteligentny, piękny i uprzejmy. Moją zaletą jest to, że jestem mądrzejszy.

— Ale nie widzę w tym problemu. Lubię jedno i drugie.

— Czy naprawdę ci się to podoba? Amelinha jest wyjątkową kobietą. Nie dlatego, że jest moją siostrą, ale dlatego, że ma gigantyczne serce. Czuję się trochę przykro jej, bo nigdy nie dostał pana młodego. Wiem, że jej marzeniem jest wziąć ślub. Dołączyła do mnie w powstaniu, ponieważ zostałem zdradzony przez mojego towarzysza. Od tego czasu szukamy tylko szybkich relacji.

— Całkowicie rozumiem. Jestem też zboczeńcem. Nie mam jednak szczególnego powodu. Chcę po prostu cieszyć się młodością. Wyglądasz jak wspaniali ludzie.

— Dziękuję bardzo. Czy naprawdę jesteś z Arcoverde?

— Tak, jestem z centrum miasta. A ty?

— Z dzielnicy Święty Krzysztof.

— Wielki. Czy mieszkasz sam?

— Tak. W pobliżu dworca autobusowego.

— Czy możesz dziś odwiedzić mężczyznę?

— Chcielibyśmy. Trzeba sobie poradzić z obydwoma. W porządku?

— Nie martw się, kochaj. Mogę obsłużyć do trzech.

— Ach, tak! True!

— Będę tam. Można wyjaśnić lokalizację?

— Tak. To będzie moja przyjemność.

— Wiem, gdzie to jest. Idę tam!

Czarny człowiek

Czarny człowiek opuścił pokój i Belinha również. Skorzystała z tego i przeniosła się do kuchni, gdzie poznała swoją siostrę. Amelinha myła brudne naczynia na kolację.

— Dobranoc dla Ciebie, Amelinha. Nie uwierzysz. Zgadnij, kto nadchodzi?

— Nie mam pojęcia, siostro. Który?

— The Flavius. Spotkałem go na wirtualnym czacie. On będzie dziś naszą rozrywką.

— Jak on wygląda?

— To jest Czarny Człowiek. Czy kiedykolwiek zatrzymać i myślę, że może to być miłe? Biedny człowiek nie wie, do czego jesteśmy zdolni!

— To naprawdę jest, siostro! Zakończmy go.

— On upadnie, ze mną! - powiedział Belinha.

— Nie! To będzie ze mną- odpowiedział Amelinha.

— Jedno jest pewne: z jednym z nas upadnie - podsumował Belinha.

— To prawda! Jak o mamy wszystko gotowe w sypialni?

— Dobry pomysł. Pomogę Ci!

Dwie nienasycone lalki poszły, do pokoju pozostawiając, wszystko zorganizowane na przybycie mężczyzny. Jak tylko się skończą, słyszą dzwonek.

— Czy to on, siostro? - zapytał Amelinha.

— Sprawdźmy to razem! - zaprosił Belinha.

— Daj spokój! Amelinha zgodziła się.

Krok po kroku dwie kobiety przeszły przez drzwi sypialni, przeszły przez jadalnię, a następnie dotarły do salonu. Podeszli do drzwi. Kiedy go otwierają, spotykają uroczy i męski uśmiech Flavius.

— Dobranoc! W porządku? Jestem Flavius.

— Dobranoc. Jesteś bardzo mile widziany. Jestem Belinha, który mówił do ciebie na komputerze i ta słodka dziewczyna obok mnie jest moja siostra.

— Miło cię poznać, Flavius! - powiedziała Amelinha.

— Miło cię poznać. Czy mogę wejść?

Emily Cravalho

— Pewien! - Dwie kobiety odpowiedziały w tym samym czasie.

Ogier miał dostęp do pokoju, obserwując każdy szczegół wystroju. Co się działo w tym wrzącym umyśle? Szczególnie wzruszyła go każda z tych samic. Po krótkiej chwili spojrzał, głęboko w oczy dwóch dziwki mówiąc:

— Czy jesteś gotowy na to, co przyszedłem zrobić?

— Jesteśmy gotowi!-Affirmed kochanków!

Trio zatrzymało się mocno i przeszło długą drogę do większego pokoju w domu. Zamykając drzwi, byli pewni, że niebo pójdzie do piekła w ciągu kilku sekund. Wszystko było idealne: aranżacja ręczników, zabawek erotycznych, film porno grający na suficie i romantyczna muzyka żywa. Nic nie mogło zabrać przyjemności wielkiego wieczoru.

Pierwszym krokiem jest usiąść przy łóżku. Czarny mężczyzna zaczął zdejmować ubrania dwóch kobiet. Ich żądza i pragnienie seksu były tak wielkie, że spowodowały trochę niepokoju u tych słodkich pań. Zdejmował koszulę pokazującą klatkę piersiową i brzuch dobrze wypracowane przez codzienny trening na siłowni. Twoje średnie włosy w całym regionie wyciągnęły westchnienia od dziewczyn. Następnie zdjął spodnie, dzięki czemu widok bielizny Box w konsekwencji pokazał jego objętość i męskość. W tym czasie pozwolił im dotknąć narządu, czyniąc go bardziej wyprostowanym. Bez tajemnic, rzucił, bieliznę od pokazano wszystko, co Bóg mu dał.

Miał dwadzieścia dwa centymetry długości, czternaście centymetrów średnicy wystarczającej do doprowadzania ich do szału. Nie marnując czasu, upadli na niego. Zaczęli od gry wstępnej. Podczas gdy jeden połknął jej kogut w ustach, drugi lizał worki moszny. W tej operacji minęły trzy minuty. Wystarczająco długo, aby być całkowicie gotowym do seksu.

Potem zaczął przenikać do jednego, a następnie do drugiego bez preferencji. Częste tempo wahadłowca powodowało jęki, krzyki i wielokrotne orgazmy po akcie. To było trzydzieści minut pochwy seks. Każda połowa czasu. Następnie zakończyli seks ustny i analny.

Pożar

Czarny człowiek

To była zimna, ciemna i deszczowa noc w stolicy wszystkich lasów Pernambuco. Były chwile, kiedy przednie wiatry osiągały 100 kilometrów na godzinę, strasząc biedne siostry Amelinha i Belinha. Dwie zboczone siostry spotkały się w salonie swojej prostej rezydencji w dzielnicy Święty Krzysztof. Nie mając nic do zrobienia, z radością rozmawiali o rzeczach ogólnych.

— Amelinha, jak był twój dzień w biurze gospodarstwa?

— To samo stare: organizowałem planowanie podatkowe administracji podatkowej i celnej, zarządzałem płatnościami podatków, pracowałem w zapobieganiu i zwalczaniu uchylania się od opodatkowania. To ciężka praca i nudna. Satysfakcjonujące i dobrze płatne. A ty? Jak była twoja rutyna w szkole? - zapytał Amelinha.

— Na zajęciach zdałem treści prowadzące uczniów w najlepszy możliwy sposób. Poprawiłem błędy i wziąłem dwa telefony komórkowe uczniów, którzy przeszkadzali klasie. Udzielałem też zajęć z zachowania, postawy, dynamiki i przydatnych rad. W każdym razie, oprócz bycia nauczycielem, jestem ich matką. Dowodem na to jest to, że w przerwie przeniknąłem do klasy uczniów i razem z nimi graliśmy. Moim zdaniem szkoła jest naszym drugim domem i musimy dbać o przyjaźnie i ludzkie więzi, które mamy z nim - odpowiedział Belinha.

— Genialna, moja młodsza siostra. Nasze prace są świetne, ponieważ zapewniają ważne emocjonalne i interakcji konstrukcji między ludźmi. Żaden człowiek nie może żyć w izolacji, nie mówiąc już o bez środków psychologicznych i finansowych - analizowała Amelinha.

— Zgadzam się. Praca jest dla nas niezbędna, ponieważ czyni nas niezależnymi od panującego w naszym społeczeństwie imperium seksistowskiego - powiedział Belinha.

— Dokładnie. Będziemy kontynuować nasze wartości i postawy. Człowiek jest tylko dobry w łóżku- Amelinha zauważył.

— Mówiąc o ludziach, co sądzisz o chrześcijańskiej? - zapytał Belinha.

— Spełnił moje oczekiwania. Po takim doświadczeniu moje instynkty i mój umysł zawsze proszą o większe dryfować wewnętrzne niezadowolenie. Jaka jest Twoja opinia? - zapytał Amelinha.

— To było dobre, ale ja też czuję się jak ty: niekompletne. Jestem sucha z miłości i seksu. Chcę coraz więcej. Co mamy na dziś? - powiedział Belinha.

— Jestem z pomysłów. Noc jest zimna, ciemna i ciemna. Czy słyszysz hałas na zewnątrz? Jest dużo deszczu, silny wiatr, błyskawice i grzmoty. Boję się! - powiedziała Amelinha.

— Ja też! - wyznał Belinha.

W tym momencie w Arcoverde słychać piorun. Amelinha skacze na kolanach Belinha, która krzyczy bólu i rozpaczy. W tym samym czasie brakuje energii elektrycznej, co czyni ich zdesperowani.

— Co teraz? Co zrobimy Belinha? - zapytał Amelinha.

— Wysiądź ze mnie, suka! Dostanę świece! - powiedział Belinha. Belinha delikatnie pchnął siostrę na bok kanapy, jak ona po omacku ściany, aby dostać się do kuchni. Ponieważ dom jest stosunkowo mały, nie trzeba długo czekać, aby zakończyć tę operację. Używając taktu, bierze świece w szafce i zapala je zapałkami strategicznie umieszczonymi na górze pieca.

Przy zapaleniu świecy spokojnie wraca do pokoju, w którym spotyka swoją siostrę z tajemniczym uśmiechem szeroko otwartym na twarzy. Co ona do?

— Możesz odpowietrzać, siostro! Wiem, że myślisz coś - powiedział Belinha.

— Co zrobić, jeśli zadzwoniliśmy do straży pożarnej miasta ostrzeżenie o pożarze? Powiedział Amelinha.

— Pozwólcie, że powiem to wprost. Chcesz wymyślić fikcyjny ogień, aby zwabić tych ludzi? Co zrobić, jeśli zostaniemy aresztowani? - Belinha się bała.

— Mój kolega! Jestem pewien, że pokochają niespodziankę. Co lepiej mają do zrobienia w ciemną i nudną noc tak? - powiedział Amelinha.

— Masz rację. Podziękują ci za zabawę. Złamiemy ogień, który

Czarny człowiek

pochłania nas od wewnątrz. Teraz pojawia się pytanie: Kto będzie miał odwagę je nazwać? - zapytał Belinha.

— Jestem bardzo nieśmiały. Zostawiam to zadanie wam, mojej siostrze - powiedziała Amelinha.

— Zawsze ja. Ok. Cokolwiek się stanie - podsumował Belinha.

Wstając z kanapy, Belinha idzie do stołu w rogu, gdzie telefon komórkowy jest zainstalowany. Dzwoni na numer alarmowy straży pożarnej i czeka na odpowiedź. Po kilku dotknięciach słyszy głęboki, stanowczy głos przemawiający z drugiej strony.

— Dobranoc. To jest straż pożarna. Czego chcesz?

— Nazywam się Belinha. Mieszkam w dzielnicy Święty Krzysztof tutaj w Arcoverde. Moja siostra i ja jesteśmy zdesperowani z tym deszczem. Kiedy w naszym domu zgasła elektryczność, doszło do zwarcia, który zaczął podpalać obiekty. Na szczęście moja siostra i ja wyszliśmy. Ogień powoli pochłania dom. Potrzebujemy pomocy strażaków - powiedziała zmartwiona dziewczynka.

— Weź to łatwo, mój przyjacielu. Wkrótce tam będziemy. Czy możesz podać szczegółowe informacje na temat swojej lokalizacji? - zapytał dyżurny strażak.

— Mój dom jest dokładnie na Aleja centralna, trzeci dom po prawej stronie. Czy to jest w porządku z wami?

— Wiem, gdzie to jest. Będziemy tam za kilka minut. Bądź spokojny- Powiedział strażak.

— Czekamy. Dziękuję! - Dziękuję Belinha.

Wracając na kanapę z szerokim uśmiechem, obaj puścili poduszki i parsknęli z zabawą, którą robili. Jednak nie jest to zalecane, aby zrobić, chyba że były dwie dziwki jak oni.

Około dziesięciorga minut później usłyszeli pukanie do drzwi i poszli na nie odpowiedzieć. Kiedy otworzyli drzwi, zmierzyli się z trzema magicznymi twarzami, z których każda ma swoje charakterystyczne piękno. Jeden był czarny, sześć metrów wysokości, nogi i ramiona średnie. Inny był ciemny, jeden metr i dziewięćdziesiąt wysokości, muskularny i rzeźbiarski. Trzecia była biała, krótka, cienka, ale bardzo lubi. Biały chłopiec chce się przedstawić:

— Cześć, panie, dobranoc! Nazywam się Roberto. Ten człowiek obok nazywa się Mateusz i brązowy człowiek, Filip. Jakie są twoje imiona i gdzie jest ogień?

— Jestem Belinha, rozmawiałem z tobą przez telefon. Ta brunetka tutaj jest moja siostra Amelinha. Wejdź, a ja ci to wyjaśnię.

— Dobra - Wzięli w trzech strażaków w tym samym czasie.

Kwintet wszedł do domu i wszystko wydawało się normalne, ponieważ prąd wrócił. Osiedlają się na kanapie w salonie wraz z dziewczynami. Podejrzani, robią rozmowę.

— Ogień się skończył, prawda? - zapytał Mateusz.

— Tak. Już to kontrolujemy dzięki wielkiemu wysiłkowi - wyjaśnił Amelinha.

— Szkoda! Chciałem pracować. Tam w koszarach rutyna jest tak monotonna - powiedział Felipe.

— Mam pomysł. Jak o pracy w sposób bardziej przyjemny? - zasugerował Belinha.

— Masz na myśli, że jesteś tym, co myślę? - zapytał Felipe.

— Tak. Jesteśmy samotnymi kobietami, które kochają przyjemność. W nastroju do zabawy? - zapytał Belinha.

— Tylko jeśli pójdziesz teraz - odpowiedział czarny człowiek.

— Ja też jestem - potwierdził Brown Man.

— Czekaj na mnie- Biały chłopiec jest dostępny.

— Więc powiedzmy- powiedział dziewczyny.

Kwintet wszedł do pokoju z podwójnym łóżkiem. Potem rozpoczęła się orgia seksualna. Belinha i Amelinha na zmianę wzięli udział w radości trzech strażaków. Wszystko wydawało się magiczne i nie było lepszego uczucia niż bycie z nimi. Z różnych prezentów, doświadczyli seksualnych i pozycyjnych odmian tworząc doskonały obraz.

Dziewczyny wydawały się nienasycone w ich seksualnym zapału, co doprowadziło tych profesjonalistów do szału. Przeszli przez noc uprawiając seks i przyjemność wydawała się nigdy się nie kończyć. Nie wyszli, dopóki nie dostali pilnego telefonu z pracy. Wyszli i poszli odpowiedzieć na raport policji. Mimo to nigdy nie zapomnieli o tym wspaniałym doświadczeniu u boku "Zboczonych Sióstr".

Konsultacja medyczna

To olśniło na pięknej stolicy odludzie. Zazwyczaj dwie zboczone siostry budziły się wcześnie. Jednak kiedy wstali, nie czuli się dobrze. Podczas gdy Amelinha kichała, jej siostra Belinha poczuła się trochę uduszona. Fakty te prawdopodobnie pochodzi z poprzedniej nocy w Plac Wojenny, gdzie pili, całowali się w usta i parsknął harmonijnie w pogodną noc.

Ponieważ nie czuli się dobrze i bez siły do niczego, siedzieli, na kanapie religijnie myśląc o tym, co robić, ponieważ zobowiązania zawodowe czekały na rozwiązanie.

– Co robimy, siostro? Jestem całkowicie z oddechu i wyczerpany - powiedział Belinha.

– Powiedz mi o tym! Mam ból głowy i zaczynam się wirusa. Jesteśmy zagubieni! - powiedziała Amelinha.

– Ale nie sądzę, że to powód, aby przegapić pracę! Ludzie są od nas zależni! - Powiedział Belinha

– Uspokój się, nie panikujmy! Jak o możemy dołączyć nice? - zasugerował Amelinha.

– Nie mów mi, że myślisz, co myślę.... - Belinha była zdumiona.

– Zgadza się. Chodźmy razem do lekarza! To będzie wielki powód, aby przegapić pracę, a kto wie, nie dzieje się to, co chcemy! - powiedział Amelinha

– Świetny pomysł! Na co więc czekamy? Przygotujmy się! - zapytał Belinha.

– Daj spokój! - zgodziła się Amelinha.

Obaj udali się do swoich obudów. Byli tak podekscytowani decyzją; nawet nie wyglądali na chorych. Czy to wszystko tylko ich wynalazek? Wybacz mi, czytelniku, nie myślmy źle o naszych drogich przyjaciołach. Zamiast tego będziemy im towarzyszyć w tym ekscytującym nowym rozdziale ich życia.

W sypialni kąpali się w swoich apartamentach, zakładali nowe ubrania i buty, czesali długie włosy, zakładali francuskie perfumy, a następnie udali się do kuchni. Tam rozbili jajka i ser, nadziejąc dwa bochenki chleba i zjedli schłodzony sok. Wszystko było bardzo smaczne. Mimo to nie wydają się czuć, ponieważ niepokój i nerwowość przed wizytą u lekarza były gigantyczne.

Z wszystko gotowe, wyszli z kuchni, aby wyjść z domu. Z każdym krokiem, który zrobili, ich małe serca pulsował z myślenia emocji w zupełnie nowe doświadczenie. Błogosławieni, że wszyscy! Optymizm chwycił ich i było coś do obserwowania przez innych!

Na zewnątrz domu idą do garażu. Otwierając drzwi w dwóch próbach, stoją przed skromnym czerwonym samochodem. Pomimo dobrego smaku w samochodach, woleli popularne do klasyki z obawy przed powszechną przemocą obecną w prawie wszystkich brazylijskich regionach.

Niezwłocznie dziewczyny wchodzą do samochodu, delikatnie dając wyjście, a następnie jedna z nich zamyka garaż powracający do samochodu zaraz po. Kto jeździ to Amelinha z doświadczeniem już dziesięć lat. Belinha nie jest jeszcze dozwolone do jazdy.

Bardzo krótka trasa między ich domem a szpitalem odbywa się z bezpieczeństwem, harmonią i spokojem. W tym momencie mieli fałszywe poczucie, że mogą zrobić wszystko. Wbrew temu, że bali się jego przebiegłości i wolności. Oni sami byli zaskoczeni podjętymi działaniami. To nie było na nic mniej, że były one nazywane zdrada dobre dranie!

Po przybyciu do szpitala zaplanowali wizytę i czekali na wezwanie. W tym przedziale czasowym skorzystali z przekąsek i wymienili wiadomości za pośrednictwem aplikacji mobilnej ze swoimi bliskimi. Bardziej cyniczny i wesoły niż te, to było niemożliwe!

Po chwili to ich kolej, aby być postrzegane. Nierozłączni, wchodzą do gabinetu opiekuńczego. Kiedy tak się stanie, lekarz prawie ma zawał serca. Przed nimi był rzadki kawałek mężczyzny: wysoki blond, jeden metr i dziewięćdziesiąt centymetrów wzrostu, brodaty, włosy tworzące kucyk, muskularne ramiona i piersi, naturalne twarze o anielskim wyglądzie. Jeszcze zanim mogli sporządzić reakcję, zaprasza:

— Usiądź, oboje!

Czarny człowiek

– Dziękuję! - Powiedzieli jedno i drugie.

Obaj mają czas, aby dokonać szybkiej analizy środowiska: Przed stołem serwisowym, lekarz, krzesło, w którym siedział i za szafą. Po prawej stronie łóżko. Na ścianie, ekspresjonistyczne obrazy autora Cândido Portinari przedstawiające człowieka ze wsi. Atmosfera jest bardzo przytulna, pozostawiając dziewczyny na luzie. Atmosfera relaksu jest przerwana przez formalny aspekt konsultacji.

– Powiedz mi, co czujesz, dziewczyny!

To brzmiało nieformalnie dla dziewczyn. Jak słodki był ten blond człowiek! To musiało być pyszne do jedzenia.

– Ból głowy, niedyspozycja i wirus! - powiedział Amelinha.

– Jestem zadyszka i zmęczony! - twierdził Belinha.

– W porządku! Pozwólcie, że zajrzę po to! Połóż się na łóżku! - zapytał lekarz.

Dziwki ledwo oddychały na tę prośbę. Profesjonalista sprawił, że zdjęli część ubrań i poczuli je w różnych częściach, co powodowało dreszcze i zimne poty. Zdając sobie sprawę, że nie było z nimi nic poważnego, opiekun zażartował:

– To wszystko wygląda idealnie! Czego chcesz, aby się bali? Zastrzyk w dupę?

– Kocham to! Jeśli jest to duży i gruby zastrzyk jeszcze lepiej! - powiedział Belinha.

– Czy będziesz stosować powoli, miłość? - powiedziała Amelinha.

– Już za dużo pytasz! - zauważył lekarz.

Ostrożnie zamykając drzwi, spada na dziewczyny jak dzikie zwierzę. Po pierwsze, zdejmuje resztę ubrań z ciał. To jeszcze bardziej wyostrza jego libido. Będąc całkowicie nagi, podziwia przez chwilę te rzeźbiarskie stworzenia. Potem jest jego kolej, aby pokazać. Upewnia się, że zdejmują ubrania. Zwiększa to wzajemne oddziaływanie i intymność między grupą.

Z wszystko gotowe, zaczynają wstępne seksu. Korzystanie z języka we wrażliwych częściach, takich jak odbyt, tyłek i ucho blondynka powoduje mini orgazmy przyjemności u obu kobiet. Wszystko szło dobrze, nawet gdy ktoś ciągle pukał do drzwi. Nie ma wyjścia, musi odpowiedzieć. Idzie trochę i otwiera drzwi. W ten sposób spotyka pielęgniarkę dyżurną: smukłą mulatkę, z cienkimi nogami i bardzo niską.

– Doktorze, mam pytanie dotyczące leków pacjenta: czy to pięć czy trzysta miligramów Aspiryna? - zapytał Roberto, pokazując przepis.

– Pięćset! - Potwierdził Alex.

W tym momencie pielęgniarka zobaczyła stopy nagich dziewczyn, które próbowały się ukryć. Śmiał się w środku.

– Żartujesz trochę, co, Lekarz? Nawet nie dzwoni do znajomych!

– Przepraszam! Chcesz dołączyć do gangu?

– Bardzo chciałbym!

– Potem przyjdź!

Obaj weszli, do pokoju zamykając za sobą drzwi. Nie szybko mulat zdjął ubranie. Całkowicie nagi, pokazał swój długi, gruby, żyłowaty maszt jako trofeum. Belinha był zachwycony i wkrótce dał mu seks oralny. Alex zażądał również, aby Amelinha zrobiła to samo z nim. Po ustnym zaczęli analny. W tej części Belinha było bardzo trudne do utrzymania się na pielęgniarki kogut potwora. Gdy weszli do dziury, ich przyjemność była ogromna. Z drugiej strony, nie czuli żadnych trudności, ponieważ ich penis był normalny.

Potem uprawiali seks pochwowy w różnych pozycjach. Ruch w tę i z powrotem w jamie spowodował halucynacje w nich. Po tym etapie cztery zjednoczone w seks grupowy. To było najlepsze doświadczenie, w którym pozostałe energie zostały wydane. Piętnaście minut później obaj zostali wyprzedani. Dla sióstr seks nigdy się nie skończył, ale dobrze, ponieważ szanowano ich kruchość tych mężczyzn. Nie chcąc zakłócać swojej pracy, zrezygnowali z przyjęcia zaświadczenia o uzasadnieniu pracy i osobistego telefonu. Wyszli całkowicie skomponowani, nie wzbudzając niczyjej uwagi podczas przeprawy do szpitala.

Dojeżdżając na parking, weszli do samochodu i zaczęli drogę

powrotne. Szczęśliwi, jak oni, już myśleli o swoim kolejnym seksualnym zgorszenie. Zboczone siostry były naprawdę czymś!

Prywatna lekcja

To było popołudnie jak każde inne. Przybysze z pracy, zboczone siostry były zajęte obowiązkami domowymi. Po zakończeniu wszystkich zadań zebrali się w pokoju, aby trochę odpocząć. Podczas gdy Amelinha czytała książkę, Belinha korzystała z mobilnego internetu do przeglądania swoich ulubionych stron internetowych.

W pewnym momencie drugi krzyczy głośno w pokoju, co przeraża jej siostrę.

-Co to jest, dziewczyno? Oszalałeś? - zapytał Amelinha.

- Właśnie wszedłem na stronę konkursów o wdzięcznej niespodzianki - poinformowała Belinha.

-Powiedz mi więcej!

-Rejestracje federalnego sądu okręgowego są otwarte. Zróbmy to?

-Dobry telefon, moja siostra! Jaka jest pensja?

-Ponad dziesięć tysięcy początkowych dolarów.

-Bardzo dobry! Moja praca jest lepsza. Jednak zrobię konkurs, ponieważ przygotowuję się do innych wydarzeń. Posłuży jako eksperyment.

-Robisz bardzo dobrze! Zachęcasz mnie. Teraz nie wiem, od czego zacząć. Czy możesz dać mi wskazówki?

-Kup kurs wirtualny, zadaj wiele pytań na stronach testowych, rób i ponawiaj poprzednie testy, pisz streszczenia, oglądaj wskazówki i pobieraj dobre materiały w Internecie między innymi.

-Dziękuję! Wezmę wszystkie te rady! Potrzebuję czegoś więcej. Spójrz, siostro, skoro mamy pieniądze, jak o płacimy za prywatną lekcję?

-Nie myślałem o tym. To dobry pomysł! Czy masz jakieś sugestie dla kompetentnej osoby?

-Mam tu bardzo kompetentnego nauczyciela z Arcoverde w moich kontaktach telefonicznych. Spójrz na jego zdjęcie!

Belinha dała siostrze swój telefon komórkowy. Widząc zdjęcie chłopca, była ekstatyczna. Poza tym przystojny był mądry! Byłoby to doskonałą ofiarą pary łączącej się z przydatną do przyjemnej.

-Na co czekamy? Idź go, siostro! Musimy się wkrótce przestudiować. - powiedziała Amelinha.

-Masz to! - Belinha zaakceptowana.

Wstawanie z kanapy, zaczęła wybierać numery telefonu na klawiaturze numerycznej. Po najmniejszym połączeniu odpowiedź zajmie tylko kilka chwil.

-Witam. Wszystko w porządku?

-To wszystko jest świetne, Renato.

-Wyślij zamówienia.

-Byłem surfowania po Internecie, kiedy odkryłem, że wnioski o federalny sąd okręgowy konkursu są otwarte. Natychmiast nazwałem mój umysł szanowanym nauczycielem. Pamiętacie sezon szkolny?

-Dobrze pamiętam ten czas. Dobre czasy tych, którzy nie wracają!

-To prawda! Czy masz czas, aby dać nam prywatną lekcję?

-Co za rozmowa, młoda pani! Dla ciebie zawsze mam czas! Jaką datę ustalamy?

-Czy możemy to zrobić jutro o 2:00 ? Musimy zacząć!

-Oczywiście, że tak! Z moją pomocą pokornie mówię, że szanse na przejście rosną niesamowicie.

-Jestem tego pewien!

-Jak dobrze! Możesz się mnie spodziewać o 2:00.

-Dziękuję bardzo! Do zobaczenia jutro!

-Do zobaczenia później!

Belinha odłożył telefon i naszkicował uśmiech dla swojego towarzysza. Podejrzewając odpowiedź, Amelinha zapytał:

-Jak to poszło?

- Przyjął. Jutro o 2:00 będzie tutaj.

-Jak dobrze! Nerwy mnie zabijają!

-Po prostu weź to łatwe, siostro! Będzie dobrze.

-Amen!

-Czy przygotujemy obiad? Jestem już głodny!

-Dobrze zapamiętany.!

Para udała się z salonu do kuchni, gdzie w przyjemnym otoczeniu rozmawiali, bawili się, gotowali między innymi. Byli wzorowymi postaciami sióstr połączonych bólem i samotnością. Fakt, że byli draniami w seksie, tylko zakwalifikował ich jeszcze bardziej. Jak wszyscy wiecie, Brazylijka ma ciepłą krew.

Wkrótce potem bratali się przy stole, myśląc o życiu i jego kolejkach.

-Jedzenie tego pysznego Pastel z kurczaka pamiętam czarnego człowieka i strażaków! Chwile, które nigdy nie wydają się mijać! - Belinha powiedział!

- Powiedz mi o tym! Ci faceci są pyszne! Nie wspominając już o pielęgniarce i lekarzu! Bardzo mi się podobało! - zapamiętał Amelinha!

-To prawda, moja siostra! Posiadanie pięknego masztu każdy człowiek staje się przyjemne! Niech feministki mi wybaczą!

-Nie musimy być tak radykalni...!

Oboje śmieją się i nadal jedzą jedzenie na stole. Przez chwilę nic innego nie miało znaczenia. Wydawało się, że są sami na świecie i to zakwalifikowało ich jako boginie piękna i miłości. Bo najważniejsze jest, aby czuć się dobrze i mieć poczucie własnej wartości.

Pewni siebie, kontynuują rodzinny rytuał. Pod koniec tego etapu surfują po Internecie, słuchają muzyki w salonie stereo, oglądają opery mydlane, a później film pornograficzny. Ten pośpiech pozostawia ich bez tchu i zmęczony zmuszając ich do odpoczynku w swoich pokojach. Z niecierpliwością czekali na następny dzień.

Nie będzie długo, zanim wpadną w głęboki sen. Oprócz koszmarów noc i świt odbywają się w normalnym zakresie. Jak tylko przyjdzie świt, wstają i zaczynają podążać za normalną rutyną: kąpiel, śniadanie, praca, powrót do domu, kąpiel, lunch, drzemka i przeprowadzka do pokoju, w którym czekają na zaplanowaną wizytę.

Kiedy słyszą pukanie do drzwi, Belinha wstaje i idzie odpowiedzieć. W ten sposób spotyka uśmiechniętego nauczyciela. To sprawiło mu dobrą wewnętrzną satysfakcję.

-Witamy z powrotem, mój przyjacielu! Chcesz nas nauczyć?

-Tak, bardzo, bardzo gotowy! Jeszcze raz dziękujemy za tę okazję! - powiedział Renato.

-Chodźmy! - powiedział Belinha.

Chłopiec nie zastanowił się dwa razy i przyjął prośbę dziewczyny. Przywitał się z Amelinhą i na jej sygnale usiadł na kanapie. Jego pierwszą postawą było zdjąć czarną bluzkę z dzianiny, ponieważ była zbyt gorąca. Z tym, zostawił, dobrze pracował napierśnik w siłowni, pot kapanie i jego ciemnoskóre światło. Wszystkie te szczegóły były naturalnym afrodyzjakiem dla tych dwóch "Zboczeńców".

Udając, że nic się nie dzieje, rozpoczęto rozmowę między trzema z nich.

-Czy przygotowałeś dobrą klasę, profesorze? - zapytał Amelinha.

-Tak! Zacznijmy od tego, jaki artykuł? - zapytał Renato.

- Nie wiem... - powiedziała Amelinha.

-Jak o mamy zabawy pierwszy? Po zdjęła koszulę, mam mokre! - wyznał Belinha.

- Ja też - powiedział Amelinha.

-Ty dwa są naprawdę maniaków seksu! Czy to nie jest to, co kocham? - powiedział mistrz.

Nie czekając na odpowiedź, zdjął niebieskie dżinsy pokazujące mięśnie przywodziciela uda, okulary przeciwsłoneczne pokazujące jego niebieskie oczy i wreszcie bieliznę pokazującą doskonałość długiego penisa, średniej grubości i trójkątnej głowy. Wystarczyło, aby małe dziwki spadły na wierzch i zaczęły cieszyć się tym męskim, radosnym ciałem. Z jego pomocą zdjęli ubrania i rozpoczęli przygotowania do seksu.

Krótko mówiąc, było to wspaniałe spotkanie seksualne, w którym doświadczyli wielu nowych rzeczy. To było prawie czterdzieści minut dzikiego seksu w pełnej harmonii. W tych chwilach emocje były tak wielkie, że nawet nie zauważyli czasu i przestrzeni. Dlatego byli, nieskończone dzięki miłości Boga.

Kiedy dotarli do ekstazy, spoczęli trochę na kanapie. Następnie badali dyscypliny pobierane przez konkurencję. Jako uczniowie byli pomocni, inteligentni i zdyscyplinowani, co zauważył nauczyciel. Jestem pewien, że byli w drodze do zatwierdzenia.

Trzy godziny później zrezygnowali z obiecujących nowych spotkań studyjnych. Szczęśliwe w życiu, zboczone siostry poszły zająć się innymi obowiązkami, myśląc już o swoich kolejnych przygodach. Były one znane w mieście jako "Nienasycony".

Test konkursowy

Minęło trochę czasu. Przez około dwa miesiące zboczone siostry poświęcały się konkursowi zgodnie z dostępnym czasem. Każdego dnia, który przechodził, byli bardziej przygotowani na to, co przyszło i poszło. W tym samym czasie doszło do seksualnych spotkań i w tych chwilach zostały wyzwolone.

W końcu nadszedł dzień testowy. Wyjeżdżając wcześnie ze stolicy zaplecza, dwie siostry zaczęły chodzić autostradą BR 232 o łącznej trasie 250 km. Po drodze mijali główne punkty wnętrza państwa: Pesqueira, Belo Jardim, São Caetano, Caruaru, Gravatá, Bezerros i Vitória de Santo Antão. Każde z tych miast miało historię do opowiedzenia i z ich doświadczenia całkowicie ją wchłonęły. Jak dobrze było zobaczyć góry, las atlantycki, caatinga, gospodarstwa, gospodarstwa, wioski, małe miasteczka i popijać czyste powietrze pochodzące z lasów. Pernambuco był naprawdę wspaniały stan!

Wchodząc na miejski obwód stolicy, świętują dobrą realizację Podróży. Weź główną aleję do okolicy dobrą podróż, gdzie będą wykonywać test. Po drodze spotykają się z zatłoczonym ruchem, obojętnością obcych, zanieczyszczonym powietrzem i brakiem wskazówek. W końcu się udało. Wchodzą do odpowiedniego budynku, identyfikują się i rozpoczynają test, który będzie trwał dwa okresy. Podczas pierwszej części testu są one całkowicie skoncentrowane na wyzwaniu pytań wielokrotnego wyboru. Dobrze opracowane przez bank odpowiedzialny za wydarzenie, skłonił najbardziej zróżnicowane opracowania z dwóch. Ich zdaniem radzili sobie dobrze. Kiedy zrobili sobie przerwę, wyszli na lunch i sok w restauracji przed budynkiem. Te chwile były dla nich ważne, aby utrzymać zaufanie, relacje i przyjaźń.

Następnie wrócili na miejsce testowe. Następnie rozpoczął się drugi okres imprezy z problemami dotyczącymi innych dyscyplin. Nawet nie nadążając za tym samym tempem, nadal byli bardzo spostrzegawczy w swoich odpowiedziach. Udowodnili w ten sposób, że najlepszym sposobem na zdawanie konkursów jest poświęcenie wiele na studia. Chwilę później zakończyli swój pewny udział. Przekazali dowody, wrócili do samochodu, ruszają w kierunku pobliskiej plaży.

Po drodze grali, włączali dźwięk, komentowali wyścig i awansowali, na ulicach Recife obserwując oświetlone ulice stolicy, ponieważ było prawie noc. Zachwycają się widowiskiem widzianym. Nic dziwnego, że miasto jest znane jako "Stolica tropików". Zachód słońca nadaje środowisku jeszcze bardziej wspaniały wygląd. Jak miło być tam w tym momencie!

Kiedy dotarli do nowego punktu, zbliżyli się do brzegów morza, a następnie wystartowali w jego zimnych i spokojnych wodach. Uczucie sprowokowane jest ekstatyczne radości, zadowolenia, satysfakcji i spokoju. Tracąc czas, pływają, aż są zmęczeni. Po tym leżą na plaży w świetle gwiazd bez strachu i zmartwień. Magia chwyciła ich znakomicie. Jednym ze słów, które należy użyć w tym przypadku było "Bezmierne".

W pewnym momencie, gdy plaża prawie opustoszała, pojawia się podejście dwóch mężczyzn z dziewczyn. Próbują wstać i biec w obliczu niebezpieczeństwa. Są one zatrzymane przez silne ramiona chłopców.

— Weź to łatwe, dziewczyny! Nie skrzywdzimy cię! Prosimy tylko o trochę uwagi i uczucia! - jeden z nich przemówił.

W obliczu łagodnego tonu dziewczyny śmiały się ze wzruszenia. Jeśli chcieli seksu, to dlaczego ich nie zadowolić? Byli mistrzami w tej sztuce. Odpowiadając na ich oczekiwania, wstali i pomogli im zdjąć ubrania. Dostarczyli dwie prezerwatywy i zrobili striptiz. To wystarczyło, aby doprowadzać tych dwóch mężczyzn do szału.

Upadek na ziemię, kochali się w parach, a ich ruchy sprawiły, że podłoga się potrząsnęła. Pozwolili sobie na wszystkie seksualne odmiany i pragnienia obu. W tym momencie dostawy nie dbają o nic lub nikogo. Dla nich byli sami we wszechświecie w wielkim rytuale miłości bez uprzedzeń. W seksie były, one w pełni splecione produkcji mocy nigdy wcześniej nie widział. Podobnie jak instrumenty, były one częścią większej siły w kontynuacji życia.

Tylko wyczerpanie zmusza ich do zatrzymania. W pełni usatysfakcjonowani, mężczyźni odchodzą i odchodzą. Dziewczyny postanawiają wrócić do samochodu. Rozpoczynają podróż z powrotem do miejsca zamieszkania. Całkowicie dobrze, wzięli ze sobą swoje doświadczenia i oczekiwali dobrych wiadomości o konkursie, w który uczestniczyli. Z pewnością zasłużyli na najlepsze szczęście na świecie.

Trzy godziny później wrócili do domu w spokoju. Dziękują Bogu za błogosławieństwa, które daje pójście spać. Na drugi dzień czekałem na więcej emocji dla dwóch maniaków.

Powrót nauczyciela

Świt. Słońce wschodzi, wcześnie z jego promieni przechodzących przez pęknięcia okna będzie, pieszczą twarze naszych drogich dziecko. Ponadto, grzywny poranna bryza pomogła stworzyć nastrój w nich. Jakże miło było mieć okazję na kolejny dzień z błogosławieństwem Ojca. Powoli, dwa wstawaj z ich odpowiednich łóżek w prawie tym samym czasie. Po kąpieli ich spotkanie odbywa się w baldachim, gdzie wspólnie przygotowują śniadanie. To chwila radości, oczekiwania i rozproszenia doświadczeń w niesamowicie fantastycznych czasach.

Po śniadaniu są gotowe, zbierają, się wokół stołu wygodnie siedząc na drewnianych krzesłach z oparciem na kolumnie. Podczas jedzenia wymieniają się intymnymi doświadczeniami.

Belinha

Moja siostra, co to było?

Amelinha (Amelinha)

Czysta emocja! Wciąż pamiętam każdy szczegół ciał tych drogich kretynów!

Belinha

Ja też! Czułem wielką przyjemność. To było prawie pozazmysłowe.

Amelinha (Amelinha)

Wiem! Róbmy te szalone rzeczy częściej!

Belinha

Zgadzam się!

Amelinha (Amelinha)

Czy podoba Ci się test?

Belinha

Bardzo mi się podobało. Umieram, aby sprawdzić mój występ!

Amelinha (Amelinha)

Ja też!

Jak tylko skończyli karmić, dziewczyny odebrały swoje telefony komórkowe, uzyskując dostęp do mobilnego internetu. Przeszli do strony organizacji, aby sprawdzić opinie o dowodzie. Napisali to na papierze i poszli do pokoju, aby sprawdzić odpowiedzi.

W środku skakali z radości, gdy zobaczyli dobrą nutę. Przeszli! Uczucie emocji nie mogło być teraz powstrzymane. Po świętowaniu wiele ma najlepszy pomysł: Zaproś Mistrza Renato, aby mogli świętować sukces misji. Belinha ponownie odpowiada za misję. Odbiera telefon i dzwoni.

Belinha

Witam?

Renato

Cześć, czy jesteś w porządku? Jak się masz, słodka Belle?

Belinha

Bardzo dobrze! Zgadnij, co się stało.

Renato

Nie mów mi....

Belinha

Tak! Zdaliśmy konkurs!

Renato

Gratuluję! Nie powiedziałem ci?

Belinha

Chciałbym bardzo podziękować za współpracę pod każdym względem. Rozumiesz mnie, prawda?

Renato

Rozumiem. Musimy coś skonfigurować. Najlepiej w twoim domu.

Belinha

Właśnie dlatego zadzwoniłem. Czy możemy to zrobić dzisiaj?

Renato

Tak! Mogę to zrobić dziś wieczorem.

Belinha

Pytanie. Spodziewamy się wtedy o ósmej w nocy.

Renato

Ok. Czy mogę zabrać ze sobą brata?

Belinha

Oczywiście!

Renato

Do zobaczenia!

Belinha

Do zobaczenia!

Połączenie się kończy. Patrząc na swoją siostrę, Belinha wymiesza się ze szczęścia Ciekawi, drugi pyta:

Amelinha (Amelinha)

Więc co? On nadchodzi?

Belinha

Wszystko jest w porządku! O ósmej dziś wieczorem będziemy zjednoczeni. On i jego brat idą! Czy myślałeś o Szal?

Amelinha (Amelinha)

Powiedz mi o tym! Jestem już pulsujący z emocjami!

Belinha

Niech będzie serce! Mam nadzieję, że to się uda!

Amelinha (Amelinha)

-To wszystko się udało!

Obaj śmieją się jednocześnie, wypełniając środowisko pozytywnymi wibracjami. W tym momencie nie miałem wątpliwości, że los spiskował na noc zabawy dla tego maniaka duetu. Osiągnęli już tak wiele etapów razem, że nie osłabią się teraz. Dlatego powinni nadal bałwochwalstwa mężczyzn jako zabawy seksualnej, a następnie odrzucić je. To był najmniejszy wyścig, aby zapłacić za ich cierpienie. W rzeczywistości żadna kobieta nie zasługuje na cierpienie. A raczej prawie każda kobieta nie zasługuje na ból.

Czas, aby dostać się do pracy. Wychodząc z pokoju już gotowy, dwie siostry idą do garażu, gdzie zostawiają w swoim prywatnym samochodzie. Amelinha zabiera Belinha najpierw do szkoły, a następnie wyjeżdża do gospodarstwa. Tam emanuje radością i opowiada profesjonalne wiadomości. Za zatwierdzenie konkursu otrzymuje gratulacje dla wszystkich. To samo dzieje się z Belinha.

Później wracają do domu i spotykają się ponownie. Następnie rozpoczyna się przygotowanie do przyjęcia kolegów. Dzień zapowiadał się jeszcze wyjątkowy.

Dokładnie w zaplanowanym czasie, słyszą pukanie do drzwi. Belinha, najmądrzejszy z nich, wstaje i odpowiada. Z mocnymi i bezpiecznymi krokami stawia się w drzwiach i otwiera je powoli. Po zakończeniu tej operacji wizualizował parę braci. Z sygnałem od gospodyni wchodzą i osiedlają się na kanapie w salonie.

Renato

To jest mój brat. Nazywa się Ricardo.

Belinha

Miło cię poznać, Ricardo.

Amelinha (Amelinha)

Zapraszamy tutaj!

Ricardo

Dziękuję wam obu. Przyjemność jest moja!

Renato

Jestem gotowy! Czy możemy po prostu pójść do pokoju?

Belinha

Daj spokój!

Amelinha (Amelinha)

Kto dostaje kto teraz?

Renato

Sam wybieram Belinha.

Belinha

Dziękuję, Renato, dziękuję! Jesteśmy razem!

Ricardo

Z przyjemnością zostanę z Amelinha!

Amelinha (Amelinha)

Będziesz drżeć!

Ricardo

Zobaczymy!

Belinha

Następnie niech rozpocznie się impreza!

Mężczyźni delikatnie umieścili kobiety na ramieniu, niosąc je do łóżek znajdujących się w sypialni jednego z nich. Przybywając na miejsce, zdejmują ubrania i zapadają w piękne meble, rozpoczynając rytuał miłości w kilku pozycjach, wymieniają pieszczoty i współudział. Emocje i przyjemność były tak wielkie, że jęki produkowane można było usłyszeć po drugiej stronie ulicy skandalizujące sąsiadów. To znaczy, nie tak bardzo, bo już wiedzieli o swojej sławie.

Z wnioskiem z góry, kochankowie wracają do kuchni, gdzie piją sok z ciasteczkami. Podczas jedzenia rozmawiają przez dwie godziny, zwiększając interakcję grupy. Jak dobrze było być tam, aby uczyć się o życiu i jak być szczęśliwym. Zadowolenie jest dobrze z siebie i ze światem potwierdzając, swoje doświadczenia i wartości przed innymi niosąc pewność, że nie mogą być oceniane przez innych. Dlatego maksimum, w które wierzyli, to "Każdy z nich jest jego własną osobą".

Po zmroku w końcu się żegnają. Goście opuszczają "Drogie Pireneje" jeszcze bardziej euforyczne, myśląc o nowych sytuacjach. Świat po prostu zwracał się w kierunku dwóch powierników. Oby mieli szczęście!

Końcu

www.ingramcontent.com/pod-product-compliance
Lightning Source LLC
LaVergne TN
LVHW020454080526
838202LV00055B/5448